3 0738 00164 0555

P9-CJT-314

donated by
THE FRIENDS OF THE
COLUSA COUNTY FREE
LIBRARY
through a generous community
grant awarded by

WELLS FARGO

BABAR

y los Juegos Olímpicos de Villa Celeste

COLUSA COUNTY FREE LIBRARY

Las ilustraciones de este libro se han hecho con acuarela

BLUME

Título original:
Babar's Celesteville Games

Traducción:
Remedios Diéguez Diéguez

Diseño:
Chad W. Beckerman

Coordinación de la edición en lengua española:
Cristina Rodríguez Fischer

Primera edición en lengua española 2011

© 2011 Art Blume, S. L.
Av. Mare de Déu de Lorda, 20
08034 Barcelona
Tel. 93 205 40 00 Fax 93 205 14 41
e-mail: info@blume.net
© 2011 del texto Phyllis Rose de Brunhoff
© 2011 de las ilustraciones Laurent de Brunhoff

I.S.B.N.: 978-84-9801-592-8
Depósito legal: B-33.651-2011
Impreso en Tallers Gràfics Soler, S.A.
Esplugues de Llobregat (Barcelona)

Todos los derechos reservados. Queda prohibida
la reproducción total o parcial de esta obra, sea
por medios mecánicos o electrónicos, sin la debida
autorización por escrito del editor.

WWW.BLUME.NET

Este libro se ha impreso sobre papel manufacturado con materia prima
procedente de bosques de gestión responsable. En la producción de nuestros
libros procuramos, con el máximo empeño, cumplir con los requisitos
medioambientales que promueven a conservación y el uso responsable
de los bosques, en especial de los bosques primarios. Asimismo, en nuestra
preocupación por el planeta, intentamos emplear al máximo materiales
reciclados, y solicitamos a nuestros proveedores que usen materiales
de manufactura cuya fabricación esté libre de cloro elemental (ECF)
o de metales pesados, entre otros.

BABAR

y los Juegos Olímpicos de Villa Celeste

LAURENT DE BRUNHOFF

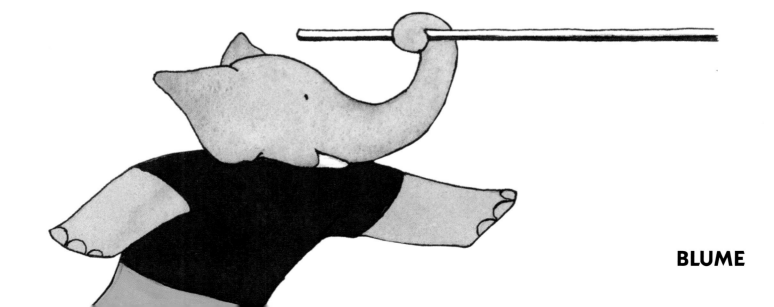

BLUME

Villa Celeste se ha convertido en una
de las ciudades más importantes del mundo.
Este año alberga los Juegos Olímpicos
y recibe a atletas de todos los países.

Los hijos de Babar, que ya son mayores, han acudido a ver los entrenamientos.
Lo que más les gusta a Pom y a Isabel es la natación y los saltos de trampolín.

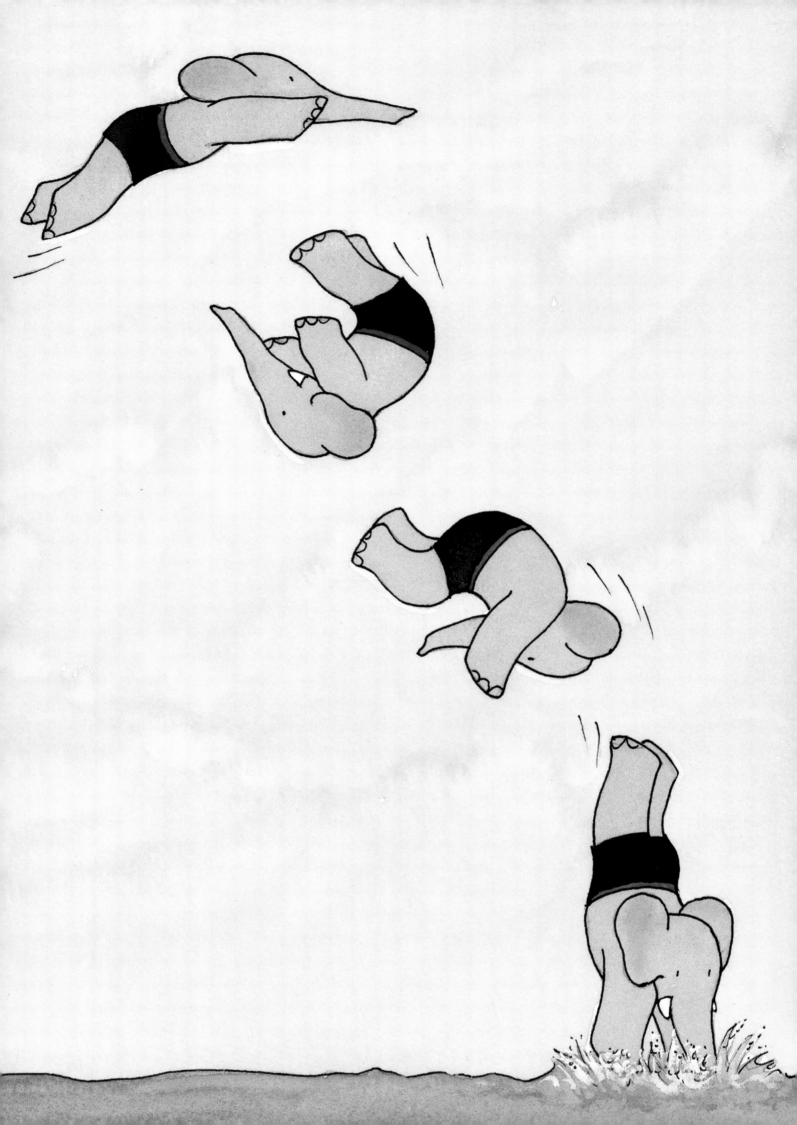

Flora y Alejandro prefieren el atletismo.

¡Y la gimnasia! ¿Quién habría
imaginado que los hipopótamos
son casi tan buenos como
los elefantes en la barra fija?

¿O que los leones y los tigres
son muy elegantes, además
de fuertes y rápidos?

Lo que más le gusta a Flora es observar al saltador con pértiga de Mirza. Admira cómo hace acopio de todas sus fuerzas...

Flora acude a los entrenamientos todos los días. Su madre, Celeste, la acompaña en una ocasión.

—¿Verdad que es guapo? —pregunta Flora.

—Bueno —responde Celeste—, es de Mirza, y los mirzanos tienen las orejas pequeñas.

—Creo que tiene unas orejas monísimas —añade Flora muy convencida.

...para dar un gran salto sobre la barra.

Esa misma tarde, Flora acude al parque.
El saltador con pértiga aparece caminando distraído
mientras escribe un mensaje en su móvil y se sienta a su lado.
Cuando termina, se da cuenta de la presencia de Flora
y exclama:

—¡Eres tú!

—¡Eres tú! —repite Flora—. Te he visto saltar.

—Y yo te he visto en las gradas.

—¿Me has visto? ¿Entre tanta gente?

—Brillas como una estrella —le responde el atleta—.
¿Cómo te llamas? Yo, Coriander. Cory para los amigos.

—Coriander. Qué nombre tan bonito. Yo me llamo Flora.

—¡Flora! Preciosa como una flor y brillante como una estrella.

Y aquella misma tarde se inauguraron los Juegos con el desfile de los deportistas. Cuando Cory pasó junto a Flora y su familia, les saludó con la bandera de Mirza.

—Qué chico tan guapo —observó Babar.

—Mamá cree que tiene las orejas demasiado pequeñas —dijo Flora.

—Bueno —intervino Celeste—, es de Mirza, y los mirzanos tienen las orejas pequeñas. Pero ya me estoy acostumbrando, cariño.

Al día siguiente, Flora asistió a las pruebas de gimnasia, saltos y ciclismo. No podía dejar de pensar en Cory. Tenía muchas ganas de volver a estar con él.

Cory tampoco dejaba de pensar en Flora. «Tengo que representar bien a mi país, pero también quiero hacerlo bien por Flora», se dijo.

Cada vez que tenía un momento libre, Cory acudía a buscar a Flora para pasear por el parque. Hablaban durante horas sobre su pasado y lo que les gustaría hacer en el futuro.

—Yo quiero ser médico —dijo Cory.

—Y yo, artista —afirmó Flora.

Cuando Cory realizó su prueba,
allí estaba Flora, animándole,
mientras agitaba una bandera mirzana:
—¡Mirza, Mirza!
Muchos habitantes de Villa Celeste
se sorprendieron al ver a su princesa
apoyando al representante de otro país.

—¿Crees que está bien? —preguntó Celeste a Babar—.
¿La princesa de Villa Celeste puede animar a otro país?
—Creo que es amor —respondió Babar—. Y que será bueno
para todos nosotros.

Después de los Juegos, Flora invitó a Cory a cenar con su familia. Estaba tan nerviosa que puso nerviosos a los cocineros. ¡Uno de ellos introdujo un pollo en la masa para el pastel! Flora puso la mesa con los cuchillos a la izquierda y los tenedores a la derecha.

—¡Será un desastre! —auguró entre lágrimas.

—No seas tonta —la tranquilizó Celeste—. Recuerda que Cory estará tan nervioso como tú. Tienes que hacer que se sienta cómodo.

Celeste tenía razón. A Cory le temblaban las rodillas cuando llamó al timbre. Sin embargo, al ver a Flora se sintió muy bien.

Los hermanos y la hermana de Flora recibieron a Cory como un héroe.

—¡El atleta de los Juegos! ¡Vaya! ¡No puedo creer lo alto que has saltado!

Cory se olvidó enseguida de los nervios. Era como estar con su propia familia. La cena fue todo un éxito.

El domingo, Flora y Cory salieron de picnic.
Después de comer se tumbaron sobre la hierba
para contemplar el cielo.

—Mira esa nube, Flora —dijo Cory.

Flora miró hacia donde apuntaba Cory.

—¡Es publicidad aérea! —exclamó Flora.

Mientras observaban, una avioneta hizo unas piruetas
y despidió una nube de humo que decía:

FLORA, CÁSATE CONMIGO.

Flora sonrió y dijo:

—¿Es una petición o una orden?

—Es una idea sobre nuestro futuro y espero que tú
la compartas —respondió Cory.

—Así es. Y me casaré contigo.

La noticia del compromiso de Flora se extendió rápidamente
por toda Villa Celeste. Todo el mundo estaba muy emocionado,
en especial Babar y Celeste. Céfiro, el mono, fotografió a Cory
y Flora para *El Periódico de Villa Celeste*. Y no fue el único:
todos querían fotos de la feliz pareja.

   Sin embargo, Cory estaba preocupado: ¿y si sus padres
no se alegraban de su compromiso? Siempre habían querido
que se casase con una joven de Mirza. Decidió hablar con
ellos por videoconferencia y les explicó la noticia, además
de presentarles a Flora y a sus padres.

   —Es cierto que deseábamos que Coriander se casase
con una chica de Mirza —afirmó su padre—. Pero ahora
que te hemos conocido, Flora, ¿cómo podríamos no quererte?
Eres nuestra princesa sin ninguna duda.

   —No obstante —añadió la madre de Cory—, nos haríais
muy felices si celebraseis una boda típica de Mirza.

   —¡Con mucho gusto! —asintió Flora.

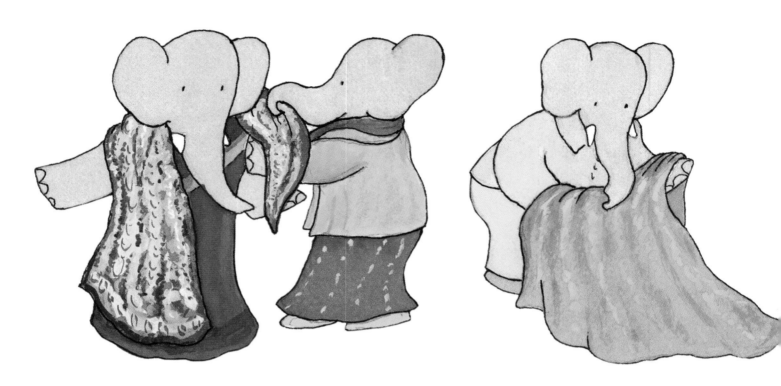

Todos los habitantes de Villa Celeste intentaron colaborar en la boda de Flora. Algunos ayudaron a coser el atuendo típico de Mirza. Otros prepararon la comida y la música. Y otros recogieron flores para las guirnaldas y prepararon pétalos para lanzarlos a los novios. Toda Villa Celeste estaba invitada.

De Mirza llegaron numerosos invitados, amigos, artistas y colaboradores. Algunos llevaron magníficos candelabros mirzanos para iluminar la procesión nupcial.

Por fin llegaron los padres de Cory. ¡Ya podían dar comienzo a las fiestas! Cory llegó en un carro tirado por jirafas. Su familia, la de Flora y muchos amigos e invitados bailaron a su alrededor mientras el carro le acercaba hasta la novia.

Flora le esperaba en una tarima. Iba vestida de rojo, el color de las novias mirzanas. Cory adornó la cabeza de Flora con una guirnalda de flores y ella hizo lo mismo con su prometido. Tras las bendiciones, se sentaron y los invitados acudieron a saludarlos en fila. Flora y Cory permanecieron sentados cuatro horas porque todo el mundo quería desearles lo mejor.

Los pájaros de Villa Celeste habían planeado
una sorpresa. Al final de la recepción, apareció una
bandada inmensa tirando de una cesta gigantesca
que llevaría a la pareja hasta su luna de miel. Después
de despedirse de sus familias, Flora y Cory subieron
a la cesta, que era muy elegante y cómoda.

Y Villa Celeste volvió a la normalidad.